三苏文化

周啸天

此心安处是吾乡

苏东坡的魅力

中国历代作家身后一路走高，到如今人气最旺的，恐怕没有人能超过苏东坡了。只需做一个街头随访，路人甲或路人乙，他或她，对李白对杜甫对辛弃疾对陆游可能不甚了了，然而问到苏东坡，没有人说不知道的。谁叫苏东坡有那么多的金句、那么多好玩的段子，正被名人们说着呢。于是人人都成了东坡的熟人，都友其人于千载之下。没有别的古代作家，像苏东坡一样，生前身后，都拥有那么多的拥趸、崇拜者。

明代有个叫陆宅之的人，『每语人曰：「吾甚爱东坡。」或问曰：「东坡有文，有赋，有诗，有字，有东坡巾，君所爱何居？」陆曰：「吾甚爱一味东坡肉。」闻者大笑。』（浮白斋主人《雅谑》）其实陆宅之的话也不大错，因为苏东坡本人正是一位美食家。一个人可能背不出『长江绕郭知鱼美，好竹连山觉笋香』（《初到黄州》）、『春畴雨过罗纨腻，夏陇风来饼饵香』（《南园》）、『蒌蒿满地芦芽短，正是河豚欲上时』（《惠崇春江晚景二首·其一》）、『一年好景君须记，最是橙黄橘绿时』（《赠刘景文》）等好句，但谁还不知道东坡肉呢？

简言之，苏东坡的魅力来自四个方面：一、在政治上，苏东坡是一个原则性很强、不肯偷合取容的人；二、在生活上，苏东坡是一个亲和力很强、富于情调的人；三、在文艺上，苏东坡是一个天才，一个无所不通的人；四、在事务上，苏东坡是一个实干家，一个政绩卓著的人。细说如下。

（一）在政治上——苏东坡是一个原则性很强不肯偷合取容的人

东坡青年时代在政治上颇具锐气，锐敏地感觉到宋朝百年无事背后的危机，所谓『天下有治平之名，而无治平之实，有可忧之势，而无可忧之形』，『常患无财』『常患无兵』『常患无吏』，认为在财政方面、国防方面、人事方面，都到了非改革不可的地步。

从苏东坡在地方官任上所表现的施政才能看，如果他担任执政大臣，一定是非常务实、有所作为的。然而，不幸的是，他先后笼罩在政治党争和两个大人物的阴影之中，始终未能走出阴影，终身未能踏入政权的核心。北宋朝廷的政治斗争，是新旧党争。新党代表是王安石，旧党代表是司马光。苏东坡前不合于王安石，后见嫉于司马光，所谓『既生瑜，何生亮』，也是无奈。

三

王安石的主张颇具法家政治色彩，为了对付来自北方的威胁，《上仁宗皇帝书》提出要以『征诛』的强制手段和激进措施推行改革，相当超前。在生产力发展水平极其有限的时代，想通过税收来增加财政收入，必然制造矛盾，转嫁负担。王安石个性极强，史称『拗相公』，连写诗都要和古人较劲：『我名公字偶相同，我屋公墩在眼中。公去我来墩属我，不应墩姓尚随公。』(《谢安墩》）南朝梁代诗人王籍《入若耶溪》诗云：『蝉噪林逾静，鸟鸣山更幽。』安石偏反其意而用之：『茅檐相对坐终

日，一鸟不鸣山更幽。』（《钟山即事》）

苏东坡虽然随和，却柔中有刚。他主张通过渐进缓和的办法来推行改革。『东坡先生《省试刑赏忠厚之至论》有云：「皋陶为士，将杀人，皋陶曰杀之三，尧曰宥之三。」梅圣俞为小试官，得之以示欧阳公。公曰：「此出何书？」圣俞曰：「何须出处！」……及揭榜，见东坡姓名，始谓圣俞曰：「此郎必有所据，更恨吾辈，不能记耳。」及谒谢，首问之，东坡亦对曰：「何须出处！」乃与圣俞语合。公赏其豪迈，太息不已。』（陆游《老学庵笔记》）

东坡与其弟于仁宗嘉祐二年（1057）中进士，后迭遭母、父之丧，而暂时离开政坛。神宗熙宁二年（1069）守父丧毕，即入京任职。这时王安石变法开始了，由于改革的步子迈得太大，措施过于激进，所以阻力很大。东坡有自己的见地。神宗召对，他答道：『陛下求治太急，听言太广，进人太锐。愿陛下安静以待事来，然后应之。』退朝后，又写下著名的上神宗万言书。王安石虽是『宰相肚里能撑船』，后来与东坡私交不错，但政见不同。东坡因不见容于新党，而请求外调，先后出任杭州通判和密州、徐州、湖州的知州。他在《湖州谢上表》中写道：『知其愚不适时，难以追陪新进；察其老不生事，或能牧养小民。』又有诗道：『读书万卷不读律，致君尧舜知无术。』虽然暂时回避了直接的政争，却也酝酿了文字之狱。

神宗熙宁九年（1076）王安石罢相，新旧党争逐渐演变为宗派的倾轧和报复。神宗元丰二年（1079）东坡刚到湖州不久，御史台即搜集其讽刺新法的诗句，并逮捕了他，这就是所谓『乌台诗案』。当时追取之暴，据说是『东坡方视事，数吏直入上厅事，捽其袂曰：「御史中丞召。」东坡错愕而起，即步出郡署门。家人号泣出随之』（《萍洲可谈》）。东坡这时想到的，是真宗朝处士杨朴被征召时，其妻所赠诗：『更休落魄耽杯酒，且莫猖狂爱咏诗。今日捉将官里去，这回断送老头皮。』（《东坡志林》）东坡在狱中，由长子苏迈探监送饭。父子相约，平时送肉和菜，倘有消息不妙时，就改送鱼。一次，苏迈因事不能前往，由亲戚代送，不知所约，送了鱼去，弄得东坡虚惊一场。神宗无意重处之，结果关了一百多天，处分下来，贬为黄州团练副使（这是专为受处分的官员设置的虚衔），交当地管制。

明代冯梦龙编著的《警世通言》中有小说《王安石三难苏学士》，虽然是无稽之谈，却形象、曲折地反映了王安石和苏东坡之间的恩恩怨怨。

宋神宗去世，年仅十岁的哲宗继位，神宗之母宣仁太后高氏临朝称制，用司马光为相，打起以母改子的旗号，废除新法，史称『元祐更化』。东坡亦被召回朝中，为中书舍人兼侍读。宣仁太后很敬重他，常宫中召对。东坡与司马光的政见也不一致，当时朝官拉帮结派，有洛党（程颐为首）、朔党（司马光为首）、蜀党（苏东坡为首）之分。东坡不赞成对新法作全盘否定，主张『校量利害，参用所长』，并和司马光就免役法的存废问题展开激烈的论争，被旧党中人视为『王安石第二』。『子瞻以温公论荐，帘眷甚厚，议者且为执政矣。公力言：「苏轼为翰林学士，其任已极，不可以加……」又言：「王安石在翰苑为称职，及居相位，天下多事。以安石止可以为翰林，则轼不过如此而已。若欲以轼为辅佐，愿以安石为戒。」』（《孙公谈圃》）『东坡公元祐时既登禁林，以高才狎侮诸公卿，率有标目殆遍也，独于司马温公，不敢有所重轻。一日，相与共论免役、差役利害，偶不合同。及归舍，方卸巾弛带，乃连呼曰：「司马牛！司马牛！」』（《铁围山丛谈》）

司马光去世后，又爆发『洛蜀党争』，东坡接二连三遭洛党弹劾，于是再度请求外调。从哲宗元祐四年（1089）起，先后任杭州、颍州、扬州、定州的知州。

元祐八年（1093）九月，宣仁太后驾崩，哲宗皇帝执政，新党重新上台，打出『绍述』（继承神宗遗志）旗号，关于『废帝』的政治谣言又起，酿成重大政治迫害，三十多位元祐大臣被贬黜。以章惇为代表的台上新党人物完全抛弃了王安石变法的精神和具体政策，把打击异己作为主要的目标。苏东坡第二次被贬谪，初贬宁远军节度副使、惠州安置，后又突然接到调令，被贬到海南岛——在先后被贬的八百余人中，只有东坡一人被贬到该岛。

苏东坡在政治上不肯偷合取容，得力于儒家对主体人格的标榜，尤其得力于幼年时代的家教。其母程氏知书识礼，曾为东坡讲范滂的事迹：范滂为清诏使，意欲澄清吏治，每至州境，贪污之吏皆闻风离去。以得罪宦官，系黄门北寺狱，事释得归。建宁二年（169），汉灵帝大杀党人，诏下急捕范滂等。范滂自诣狱，滂母与之诀，曰：『汝今得与李（膺）、杜（密）齐名，死亦何恨。』死时年仅三十三岁。东坡问母亲：『倘若轼为范滂，母亲许我么？』程氏回答说：『汝能为滂，吾顾不能为滂母耶？』

（二）在生活上

苏东坡是一个亲和力很强富于情调的人

『苏子瞻泛爱天下士，无贤不肖，欢如也。尝言：「上可陪玉皇大帝，下可以陪卑田院（养济院）乞儿。」』（《悦生随钞》）如生今世，可为爱心大使。他的朋友很多，职业不一，不管什么人，都和他谈得来。和尚佛印，是他的方外好友，故事极多。

东坡兄弟关系极其融洽；家庭和谐，也可以说很有女人缘。他的生命之旅中，先后有三位女性陪伴。不是重新洗牌，而是缘分所在。

发妻王弗早逝，有《江城子·乙卯正月二十日夜记梦》记其事，可见彼此的情深。

续弦王闰之，为人亦自不俗。《后赤壁赋》云：『客曰：「今者薄暮，举网得鱼，巨口细鳞，状似松江之鲈。顾安所得酒乎？」归而谋诸妇。妇曰：

「我有斗酒，藏之久矣，以待子不时之须。」』几句话就再现了一个细心且豁达的好女人形象，不会使夫君败兴。东坡在颍州时，一个正月的夜晚，王氏说：『春月色胜如秋月色，秋月令人凄惨，春月令人和悦，如何召赵德麟辈来，饮此花下。』东坡大喜道：『此真诗家语耳。』后来填了一首《减字木兰花》：

春庭月午。摇荡香醪光欲舞。步转回廊。半落梅花婉娩香。　轻云薄雾。总是少年行乐处。不似秋光。只与离人照断肠。

朝云亦姓王，本是钱塘歌女，东坡守杭时娶为如夫人。她天资聪明，跟东坡学了一些文化，奉佛念经。后从东坡到惠州，《蝶恋花》云：

花褪残红青杏小。燕子飞时，绿水人家绕。枝上柳绵吹又少。天涯何处无芳草。　墙里秋千墙外道。墙外行人，墙里佳人笑。笑渐不闻声渐悄。多情却被无情恼。

朝云每唱此词到『柳绵』句，即掩抑惆怅，如不自胜。东坡问之，曰：『妾所不能竟者，「天涯何处无芳草」句也。』后来竟死在惠州，东坡为她作了好些首诗，有『丹成逐我三山去，不作巫阳云雨仙』之句。

东坡谈吐，备极诙谐。他很喜欢打趣人。有人以咏竹诗请教于他，有『叶垂千口剑，干耸万条枪』句，东坡大笑道：『诗虽好，可惜十根竹竿，只挑得一个叶儿。』解诗本来无需数学，但此公以武器形容竹子，实在太煞风景了，不值得正面评说。不妨从侧面括他一错，也煞煞他的风景，是非常机智的。另有人以诗请教，东坡说可以打十分，道：『三分诗，七分读，并是十分。』言虽出于戏谑，但作别解，有味外味。

东坡一生经历相当坎坷，但心态相当平和，经历相当丰富，精神相当充实，感觉相当快活。无论现实环境多么险恶，他总是持审美观照的态度来玩味生活，对事物保持浓厚兴趣，随缘自适，随遇而安，修炼到宠辱不惊的境界。这一方面得力于佛学和《庄子》（他小时曾随一道士念书，最喜欢读的书是《庄子》，也喜欢道家的养生之术。他深研禅学，精通佛理，与和尚交往密切，甚至参加寺庙里的宗教活动。）；另一方面得力于自然风月，他做过湖州、杭州、扬州等地方的官，北至渤海，南至海南。《赤壁赋》提出了一个『无尽藏』的命题：

> 且夫天地之间，物各有主，苟非吾之所有，虽一毫而莫取。惟江上之清风，与山间之明月，耳得之而为声，目遇之而成色，取之无禁，用之不竭，是造物者之无尽藏也，而吾与子之所共适。

苏东坡当时还想不到自然资源的有限性和不可再生性，但他觉悟到人的个体需求，相对于自然资源来说，是极其有限的，而最好的声色享受，乃是大自然的风月宝藏，正是『明月清风无尽藏，行云流水平常心』。

神宗元丰五年（1082）三月七日所作《定风波》，序云：『三月七日，沙湖道中遇雨。雨具先去，同行皆狼狈，余独不觉。已而遂晴，故作此词。』词云：

> 莫听穿林打叶声。何妨吟啸且徐行。竹杖芒鞋轻胜马。谁怕？一蓑烟雨任平生。
>
> 料峭春风吹酒醒。微冷。山

头斜照却相迎。回首向来萧瑟处。归去。也无风雨也无晴。

这难道仅仅是郊游（或观农）遇雨之生活纪实吗？唯有知其人，方能从词的无字处看到『任凭风浪起，稳坐钓鱼台』『风雨即将过去，阳光就在前头』『走自己的路，让别人说去吧』等意味，从而受到一种精神情操的陶冶。

你须得知道东坡平生经历，乐观坚忍的禀性，及其所受禅宗思想的影响，才能充分玩味其诗词中表现的那一分性情与学养。

神宗熙宁五年（1072）在杭州作《六月二十七日望湖楼醉书五绝（其五）》曰：

未成小隐聊中隐，可得长闲胜暂闲。
我本无家更安往，故乡无此好湖山。

神宗元丰二年（1079）责授检校水部员外郎、黄州团练副使时作《初到黄州》，曰：

自笑平生为口忙，老来事业转荒唐。
长江绕郭知鱼美，好竹连山觉笋香。
逐客不妨员外置，诗人例作水曹郎。
只惭无补丝毫事，尚费官家压酒囊。

按南朝梁何逊、唐代张籍、北宋孟宾于皆做过水部郎官，诗人引以解嘲。

哲宗绍圣元年（1094）惠州作《纵笔》曰：

白头萧散满霜风，小阁藤床寄病容。
报道先生春睡美，道人轻打五更钟。

钟声与春睡何关，而加关联，且曰『轻打』，恐惊梦，何等体贴人情！『章子厚曰「苏子瞻尚尔快活」，乃贬昌化（海南）。』（王文诰《苏诗话》引《舆地广记》）

哲宗绍圣三年（1096），谪贬岭南的苏轼作《食荔枝（其二）》：

罗浮山下四时春，卢橘杨梅次第新。
日啖荔枝三百颗，不辞长作岭南人。

哲宗元符三年（1100）渡琼州海峡时作《六月二十日夜渡海》，曰：

参横斗转欲三更，苦雨终风也解晴。
云散月明谁点缀，天容海色本澄清。
空余鲁叟乘桴意，粗识轩辕奏乐声。
九死南荒吾不恨，兹游奇绝冠平生。

读者可以从中无误地辨认出那个乐观旷达的抒情主人公形象，这便是苏东坡。

『东坡自海外归，人问其迁谪艰苦。东坡曰：「此骨相所招。小时入京师，有相者云：一双学士眼，半个配军头。异日文章虽当知名，然有迁徙不测之祸。今悉符其语。」』（《瑞桂堂暇录》）

《自题金山画像》曰：

心似已灰之木，身如不系之舟。
问汝平生功业，黄州惠州儋州。

这是东坡总结一生遭际之作，纵有悲怆，终归平和。

苏东坡很会生活，懂得闲适的乐趣。在这一点上，他颇得力于陶渊明、孟浩然和白居易，而不同于柳宗元。《记承天寺夜游》曰：

元丰六年十月十二日，夜，解衣欲睡，月色入户，欣然起行。念无与为乐者，遂至承天寺，寻张怀民。怀民亦未寝，相与步于中庭。庭下如积水空明，水中藻荇交横，盖竹柏影也。何夜无月？何处无竹柏？但少闲人如吾两人耳。

《鹧鸪天》曰：

林断山明竹隐墙。乱蝉衰草小池塘。翻空白鸟时时见，照水红蕖细细香。村舍外，古城旁。杖藜徐步转斜阳。殷勤昨夜三更雨，又得浮生一日凉。

『天下几人学杜甫，诗中定合爱陶潜。』（刘东父集东坡诗句）苏东坡的主要精神支柱是陶渊明。汉末天命观发生动摇，魏晋时代的个性觉醒，走出了旧的悖谬，却又陷入新的困境。从《古诗十九首》到曹植、阮籍，诗中充满忧生之嗟，诗人在苦苦思索生命的价值和人生的意义，但走不出人生的苦闷，严重的心态失衡困扰着曹植、阮籍乃至左思。

陶渊明其人其诗的最大意义，就在于它第一次对这些问题作出了明确的答复，对生命的价值和人生的意义给出了肯定的答案。他从回归自然，参加劳动，享受亲情，从事创作中找到了生命的价值和人生的意义，并提出了他的社会政治理想，以内心的充实与贫乏动乱的现实相对立，找到了心理的平衡（静穆）。『（陶渊明）是个非常和平的田园诗人。他的态度是不容易学的，他非常之穷，而心里很平静……毫不为意，还是「采菊东篱下，悠然见南山」……这是何等自然。现在有钱的人住在租界里，雇花匠种数十盆菊花，便做诗，叫作

「秋日赏菊效陶彭泽体」，自以为合于渊明的高致，我觉得不大像。』（鲁迅《魏晋风度及文章与药及酒之关系》）

东坡是陶渊明的崇拜者，诗品人品颇得力于陶，晚年知扬州时，曾作《和陶饮酒》二十首，南迁之后又作《和陶归园田居》六首等。黄庭坚《跋子瞻和陶诗》云：『子瞻谪岭南，时宰欲杀之。饱吃惠州饭，细和渊明诗。彭泽千载人，东坡百世士。出处虽不同，风味乃相似。』

黄庭坚认为陶渊明与苏轼不但均以道德、文章垂世不朽，而且彼此风味相似。子瞻—东坡，渊明—彭泽，称呼略作变化，先称字，后以地名为号。说两人出处不同，是因为陶渊明只做了一百多天彭泽令就去官归隐，而苏东坡却终生宦海沉浮。然而，这两个人都不以得失为怀，真率如一。『虽』『乃』二字呼应转折。跋诗却一味说人，说人即是说诗，本是古风，中幅自然成对，质朴而有文采。风格与所咏之人极为契合。

（三）

在文艺上 苏东坡是一个天才 一个无所不通的人

所谓天才，一指才思特别敏捷，所谓『请日试万言，倚马可待』（李白《与韩荆州书》）；二指创新思维，笔补造化。陈衍《宋诗精华录》：『东坡兴趣佳，不论何题，必有一二佳句。』此之谓也。

所谓全才，是指苏东坡一生成就的方面很广：其诗冠代，与黄庭坚并称『苏黄』，与陆游并称『苏陆』；其文冠代，与欧阳修并称『欧苏』（陆游《老学庵笔记》：『建炎以来，尚苏氏文章，学者翕然从之，而蜀士尤盛。亦有语曰：「苏文熟，吃羊肉；苏文生，吃菜羹。」』）；其词开创新风，与辛弃疾并称『苏辛』（陈毅：『吾读长短句，最爱是苏辛。东坡胸次广，稼轩力万钧。』）；书法为宋四家之一，称『苏黄米蔡』。此外，他还是一位大画家，一位艺术理论家。中国古代，像苏东坡这样在诸多方面都做出创造性贡献、臻于一流的人物并不多见。他简直有点像文艺复兴时代的巨人，能使后人从不同角度受到益处，从而成为具有广泛影响的文化名人。

在苏东坡诸多的文学成就中，词体的创作应该算是较为重要的一个方面。因为词体是有宋『一代之文学』，而苏东坡是北宋词三大家之一。自明代张綖论词有婉约、豪放之说，后广为沿用。翰林院幕士答苏东坡问『我词何如柳七』，对曰：『柳郎中词，只合十七八女郎，执红牙板，歌「杨柳岸、晓风残月」；学士词，须关西大汉，铜琵琶，铁绰板，唱「大江东去」。』（俞文豹《吹剑续录》）

苏轼作豪放词，的确大大扩展了词体创作世界。李清照批评苏词『皆句读不葺之诗尔，又往往不协音律』，苏词的出现，其意义正在于使词体脱离歌筵，从而发展出一种新的抒情诗体，扩大了古代诗歌的疆域。故王灼云：『东坡先生非心醉于音律者，偶尔作歌，指出向上一路，新天下耳目，弄笔者始知自振。』（《碧鸡漫志》）胡寅高度评价苏词道：『及眉山苏氏，一洗绮罗香泽之态，摆脱绸缪宛转之度，使人登高望远，举首高歌，而逸怀浩气，超乎尘垢之外，于是花间为皂隶，而柳氏为舆台矣。』（《酒边词序》）

《江城子·密州出猎》曰：

老夫聊发少年狂。左牵黄。右擎苍。锦帽貂裘、千骑卷平冈。为报倾城随太守，亲射虎，看孙郎。　酒酣胸胆尚开张。鬓微霜。又何妨。持节云中、何日遣冯唐？会挽雕弓如满月，西北望，射天狼。

这是苏轼第一首豪放词，神宗熙宁八年（1075）冬作于密州。本篇不仅将『出猎』这一非传统题材引入词体创作，而且涉及抵抗辽、西夏的重大主题，将爱国情感和军事题材引入词作。

按神宗熙宁三年（1070）西夏大举进攻环、庆二州，四年（1071）陷抚、宁诸城；本年宋廷并割地于辽。『西北望，射天狼』，主要指抗御西夏的进犯，也兼关消除来自辽国的威胁。词中抒发的不只是一般的豪气，更是表现了一种英雄气概，从内容到写法都可以说是南宋爱国词的滥觞。

东坡虽作豪放词，但婉约之作在数量上实多于豪放之作，如同年（1075）所作同调《江城子·乙卯正月二十日夜记梦》云：

十年生死两茫茫。不思量。自难忘。千里孤坟、无处话凄凉。纵使相逢应不识，尘满面，鬓如霜。　夜来幽梦忽还乡。小轩窗。正梳妆。相顾无言、惟有泪千行。料得年年肠断处，明月夜，短松冈。

作者发妻王弗治平二年（1065）于京师逝世，第二年迁葬眉州东北彭山县安镇乡可龙里，至写词时正好十年。词中暗用白居易诗『悠悠生死别经年，魂魄不曾来入梦』『两处茫茫皆不见』『一别音容两眇茫』『此恨绵绵无绝期』等语意，有十年同一梦之感慨。略寓十年流离辛苦，以及无可告慰的悲苦。结尾背面敷粉，大大增厚了词意。

晚唐到北宋，词多立足女性，然有不少谑浪游戏之笔。本篇将悼亡引入词作，且出以沉痛白描的笔法，对传统婉约词风既有继承，更有发展，在内容和手法上都有突破，虽涉爱情，但从某种意义上，也可以说是『一洗绮罗香泽之态』。

尤其值得注意的是，东坡词虽然豪放，却依然本色。《念奴娇·赤壁怀古》曰：

大江东去，浪淘尽、千古风流人物。故垒西边，人道是、三国周郎赤壁。乱石穿空，惊涛拍岸，卷起千堆雪。江山如画，一时多少豪杰。　遥想公瑾当年，小乔初嫁了，雄姿英发。羽扇纶巾，谈笑间、樯橹灰飞烟灭。故国神游，多情应笑我，早生华发。人生如梦，一樽还酹江月。

神宗元丰五年（1082），东坡谪居黄州时，年四十六岁。此词开篇就有大江奔流的气势。刘禹锡曾在《浪涛沙词》中写道：『君看渡口涛沙处，渡却人间多少人。』妙在语带双关，但在气势上远不敌『大江东去，浪淘尽、千古风流人物』。『风流人物』是要害，此语在晋本指英俊风雅之士，今与『大江东去』连属，平添多少阳刚辞采！『周郎』这一昵称，足传『风流人物』的神韵。

词写赤壁景色，其实无非渲染烘托风流人物。那『乱石穿空，惊涛拍岸，卷起千堆雪』似是说到英雄鏖战，感应于自然而导致的风起水涌。比较陈维崧『话到英雄失路，忽凉风索索』和毛泽东『把酒酹滔滔，心潮逐浪高』，可悟情以景染之奥妙。煞拍就势以『江山如画，一时多少豪杰』挽住。

『一时多少豪杰』，为何到词中就反复说周郎呢？『词之为体，要眇宜修』（王国维语），诗庄而词媚呀。专说周郎，不仅因为他是胜利的英雄，更因为他是个少年英雄。由这个少年英雄更引出个绝代佳人。史载，建安三年（198），孙策亲迎不过二十四岁的周瑜，授以建威中郎将之职，并与他一起攻下皖城，分娶二乔，成为连襟。赤壁大战，乃在十年后。人生快意之事，莫过于『洞房花烛夜，金榜题名时』，那么词人把周郎的爱情得意与军事成功扯到一处来写，又有何妨？同时，以小乔衬托周郎，还使人联想到铜雀春梦的破灭，尤多一重意味。词中羽扇纶巾、谈笑破敌的周郎，儒雅之至，潇洒之至；而初嫁佳婿的小乔，则美丽之至。于豪放词中著如许风流妍媚的人物，谁能说东坡此词以豪放胜，就不是当行本色呢？

从温韦到花间，从晏欧诸公到柳永，词中曾有过这样的壮采么？没有，从来没有。这首百字令览胜怀古，大笔驰骛，从题材到手法，对传统都有突破。在词史上影响之深远，辛派词人固不必说，元曲大家关汉卿《关大王独赴单刀会》关羽唱词云：『大江东去浪千叠，引着这数十人驾着这小舟一叶。又不比九重龙凤阙，可正是千丈虎狼穴。大丈夫心别，我觑这单刀会似赛村社。』『水涌山叠，年少周郎何处也？不觉的灰飞烟灭，可怜黄盖转伤嗟。破曹的樯橹一时绝，鏖兵的江水犹然热，好教我情惨切。这也不是江水，二十年流不尽的英雄血。』即得力于本篇。毛泽东《沁园春·雪》亦豪放词杰作，词中不但直接运用了『风流人物』这一措辞，还以『江山如此多娇，引无数英雄竞折腰』对应苏词的『江山如画，一时多少豪杰』，又于上阕煞拍著丽句『须晴日，看红装素裹，分外妖娆』，对应苏词的『遥想公瑾当年，小乔初嫁了，雄姿英发』，皆为豪放中寓婉约，所以本色。《沁园春·雪》虽然后来居上，而其风格措辞，皆得力于苏词。

同是豪放词，与辛弃疾比，苏词的风格特点是清旷。一个英雄豪杰，一个衣冠伟人，对比非常明显。《水调歌头·丙辰中秋，欢饮达旦，大醉。作此篇，兼怀子由》曰：

明月几时有？把酒问青天。不知天上宫阙，今夕是何年。我欲乘风归去，又恐琼楼玉宇，高处不胜寒。起舞弄清影，何似在人间。

转朱阁，低绮户，照无眠。不应有恨，何事长向别时圆！人有悲欢离合，月有阴晴圆缺，此事古难全。但愿人长久，千里共婵娟。

这是古代最负盛誉的中秋词，《苕溪渔隐丛话》说：『中秋词自东坡《水调歌头》一出，余词尽废。』《水浒传》『血溅鸳鸯楼』一回，歌伎中秋侑酒即唱此词。此词为神宗熙宁九年（即丙辰，1076）中秋作于密州，时苏辙在济南，兄弟已有六七年未能见面，故小序云云。

『我欲乘风归去，又恐琼楼玉宇，高处不胜寒』三句，神宗皇帝评：『苏轼终是爱君。』可见是有寄托的。『人有悲欢离合，月有阴晴圆缺，此事古难全』三句怀子由，连及普天下人，纯入议论，脱口而出，自来未经人道，故为名言。

此词以咏月贯穿始终，写景之句只『转朱阁，低绮户』二语，且不重要，而词上阕抒情中带议论，下阕议论中有抒情，行文明白家常，清空一气，读之无任何语障，然措辞多有出处，只是作者信手拈来，得之不觉耳。

(四)

在事务上
苏东坡是一个实干家
一个政绩卓著的人

苏轼一生中在京为官时间累计不过十年左右，大部分时间是在外地任职。他的为官生涯充满务实的精神。在处理实际事务中，他是一个很有本领的人，办了不少有益于人民的兴利除弊的事，在各地都重视兴修水利，组织过各类救灾和赈济工作。

在密州，他组织群众捕蝗救灾，以及拿出官府粮食收养贫民弃儿。

在黄州，他请得数十亩荒地，亲自耕种，自称『耕田识字夫』，号『东坡居士』。他潜心学佛，手抄经卷，经常练功，关心慈善事业，企图改变当地溺婴恶俗，还成立救儿组织，每年捐钱十缗。

在杭州，他带领民众疏浚西湖，筑堤引水，又以自己的钱加上公家的资财开设医疗所为民治病。

在徐州，他住在城头领导防洪抢险，过家门而不入。

在颍州，他以原价粜官仓米赈济饥民。

在定州，整治贪官污吏和骄横军人，巩固边防，还多次为民请求蠲免赋税，医治病囚，释放盐犯。

他的仁人之心和卓越的组织行政才能得到了人民的高度赞扬，民间流传着许多关于他的传说，他在常州去世时，吴越之民相与哭于市，自发地为之哀悼。

林语堂说，苏东坡是一个生不逢辰的政治家，一个人道主义者，一个实干家，一个大文豪、大书家、大画家，一个精于养生之道、富于生活情趣的人。世上只能有一个苏东坡，却不能有第二个。

词曰：

三苏名重，岷江源远，眉山如画。遥想当年，一门双桂，伊人初嫁。去来弹指匆匆，惜风月，悠闲无价。唤起词仙，衔杯屏妓，为予清话。（周啸天《柳梢青》）

图书在版编目（CIP）数据

苏轼诗词编 / (宋) 苏轼撰 ; 周啸天编. -- 成都 : 四川人民出版社, 2023.6
ISBN 978-7-220-13291-9

Ⅰ. ①苏… Ⅱ. ①苏… ②周… Ⅲ. ①宋诗－诗集②宋词－选集 Ⅳ. ①I222

中国国家版本馆CIP数据核字(2023)第101540号

SUSHI SHICI BIAN

苏轼诗词编　[宋]苏轼　撰　周啸天　编

出 版 人　黄立新
策划统筹　石　龙
责任编辑　邹　近　石　龙
书籍设计　许天琪
责任校对　舒晓利　申婷婷
责任印制　周　奇

出版发行　四川人民出版社(成都三色路238号)
网　　址　http: //www.scpph.com
E-mail　scrmcbs@sina.com
新浪微博　@四川人民出版社
微信公众号　四川人民出版社
发行部业务电话　(028)86361653　86361656
防盗版举报电话　(028)86361653
印　　刷　深圳市国际彩印有限公司
成品尺寸　118mm×180mm
印　　张　1.875
字　　数　22.8千
版　　次　2023年6月第1版
印　　次　2023年6月第1次印刷
书　　号　ISBN 978-7-220-13291-9
定　　价　298.00元

和子由渑池怀旧

人生到处知何似？应似飞鸿踏雪泥。
泥上偶然留指爪，鸿飞那复计东西。
老僧已死成新塔，坏壁无由见旧题。
往日崎岖还记否，路长人困蹇驴嘶。

游金山寺

我家江水初发源，宦游直送江入海。
闻道潮头一丈高，天寒尚有沙痕在。
中泠南畔石盘陀，古来出没随涛波。
试登绝顶望乡国，江南江北青山多。
羁愁畏晚寻归楫，山僧苦留看落日。
微风万顷靴文细，断霞半空鱼尾赤。

是时江月初生魄，二更月落天深黑。
江心似有炬火明，飞焰照山栖鸟惊。
怅然归卧心莫识，非鬼非人竟何物。
江山如此不归山，江神见怪惊我顽。
我谢江神岂得已，有田不归如江水。

六月二十七日望湖楼醉书五绝

其一

黑云翻墨未遮山，白雨跳珠乱入船。
卷地风来忽吹散，望湖楼下水如天。

其三

乌菱白芡不论钱，乱系青菰裹绿盘。
忽忆尝新会灵观，滞留江海得加餐。

戏子由

宛丘先生长如丘，宛丘学舍小如舟。

常时低头诵经史，忽然欠伸屋打头。

斜风吹帷雨注面，先生不愧旁人羞。

任从饱死笑方朔，肯为雨立求秦优。

眼前勃蹊何足道，处置六凿须天游。

读书万卷不读律，致君尧舜知无术。

劝农冠盖闹如云，送老齑盐甘似蜜。
门前万事不挂眼，头虽长低气不屈。
余杭别驾无功劳，画堂五丈容旗旄。
重楼跨空雨声远，屋多人少风骚骚。
平生所惭今不耻，坐对疲氓更鞭棰。
道逢阳虎呼与言，心知其非口诺唯。
居高志下真何益，气节消缩今无几。

文章小技安足程，先生别驾旧齐名。
如今衰老俱无用，付与时人分重轻。

夜泛西湖五绝

其一

新月生魄迹未安，才破五六渐盘桓。
今夜吐艳如半璧，游人得向三更看。

其二

三更向阑月渐垂，欲落未落景特奇。
明朝人事谁料得，看到苍龙西没时。

其三

苍龙已没牛斗横，东方芒角升长庚。
渔人收筒及未晓，船过惟有菰蒲声。

其四

菰蒲无边水茫茫，荷花夜开风露香。
渐见灯明出远寺，更待月黑看湖光。

其五

湖光非鬼亦非仙，风恬浪静光满川。

须臾两两入寺去，就视不见空茫然。

饮湖上初晴后雨二首

其一

朝曦迎客艳重冈，晚雨留人入醉乡。
此意自佳君不会，一杯当属水仙王。

其二

水光潋滟晴方好，山色空蒙雨亦奇。
欲把西湖比西子，淡妆浓抹总相宜。

吴中田妇叹

今年粳稻熟苦迟，庶见霜风来几时。
霜风来时雨如泻，杷头出菌镰生衣。
眼枯泪尽雨不尽，忍见黄穗卧青泥。
茅苫一月垅上宿，天晴获稻随车归。
汗流肩赪载入市，价贱乞与如糠粞。
卖牛纳税拆屋炊，虑浅不及明年饥。

官今要钱不要米，西北万里招羌儿。

龚黄满朝人更苦，不如却作河伯妇。

新城道中二首

其一

东风知我欲山行，吹断檐间积雨声。
岭上晴云披絮帽，树头初日挂铜钲。
野桃含笑竹篱短，溪柳自摇沙水清。
西崦人家应最乐，煮芹烧笋饷春耕。

其二

身世悠悠我此行，溪边委辔听溪声。

散材畏见搜林斧，疲马思闻卷旆钲。

细雨足时茶户喜，乱山深处长官清。

人间岐路知多少，试向桑田问耦耕。

於潜僧绿筠轩

可使食无肉，不可居无竹。
无肉令人瘦，无竹令人俗。
人瘦尚可肥，士俗不可医。
旁人笑此言，似高还似痴。
若对此君仍大嚼，世间那有扬州鹤。

有美堂暴雨

游人脚底一声雷，满座顽云拨不开。

天外黑风吹海立，浙东飞雨过江来。

十分潋滟金樽凸，千杖敲铿羯鼓催。

唤起谪仙泉洒面，倒倾鲛室泻琼瑰。

次韵述古过周长官夜饮

二更铙鼓动诸邻，百首新诗间八珍。
已遣乱蛙成两部，更邀明月作三人。
云烟湖寺家家境，灯火沙河夜夜春。
曷不劝公勤秉烛，老来光景似奔轮。

寄黎眉州

胶西高处望西川，应在孤云落照边。
瓦屋寒堆春后雪，峨眉翠扫雨余天。
治经方笑春秋学，好士今无六一贤。
且待渊明赋归去，共将诗酒趁流年。

百步洪二首 并叙

王定国访余于彭城。一日，棹小舟，与颜长道携盼、英、卿三子游泗水，北上圣女山，南下百步洪，吹笛饮酒，乘月而归。余时以事不得往，夜着羽衣，伫立于黄楼上，相视而笑。以为李太白死，世间无此乐三百余年矣。定国既去逾月，复与参寥师放舟洪下，追怀曩游，已为陈迹，喟然而叹。故作二诗，一以遗参寥，一以寄定国，且示颜长道、舒尧文邀同赋云。

其一

长洪斗落生跳波，轻舟南下如投梭。

水师绝叫凫雁起，乱石一线争磋磨。

有如兔走鹰隼落，骏马下注千丈坡。
断弦离柱箭脱手，飞电过隙珠翻荷。
四山眩转风掠耳，但见流沫生千涡。
崄中得乐虽一快，何异水伯夸秋河。
我生乘化日夜逝，坐觉一念逾新罗。
纷纷争夺醉梦里，岂信荆棘埋铜驼。
觉来俯仰失千劫，回视此水殊委蛇。

君看岸边苍石上，古来篙眼如蜂窠。
但应此心无所住，造物虽驶如吾何。
回船上马各归去，多言譊譊师所呵。

大风留金山两日

塔上一铃独自语，明日颠风当断渡。
朝来白浪打苍崖，倒射轩窗作飞雨。
龙骧万斛不敢过，渔舟一叶从掀舞。
细思城市有底忙，却笑蛟龙为谁怒。
无事久留童仆怪，此风聊得妻孥许。
潜山道人独何事，半夜不眠听粥鼓。

初到黄州

自笑平生为口忙，老来事业转荒唐。
长江绕郭知鱼美，好竹连山觉笋香。
逐客不妨员外置，诗人例作水曹郎。
只惭无补丝毫事，尚费官家压酒囊。

海棠

东风嫋嫋泛崇光，香雾空蒙月转廊。
只恐夜深花睡去，故烧高烛照红妆。

别黄州

病疮老马不任鞿，犹向君王得敝帷。
桑下岂无三宿恋，樽前聊与一身归。
长腰尚载撑肠米，阔领先裁盖瘿衣。
投老江湖终不失，来时莫遣故人非。

题西林壁

横看成岭侧成峰，远近高低各不同。
不识庐山真面目，只缘身在此山中。

惠崇春江晚景二首

其一

竹外桃花三两枝，春江水暖鸭先知。
蒌蒿满地芦芽短，正是河豚欲上时。

其二

两两归鸿欲破群，依依还似北归人。
遥知朔漠多风雪，更待江南半月春。

赠刘景文

荷尽已无擎雨盖，菊残犹有傲霜枝。
一年好景君须记，最是橙黄橘绿时。

登州海市 并叙

予闻登州海市旧矣。父老云：尝出于春夏，今岁晚不复见矣。予到官五日而去，以不见为恨，祷于海神广德王之庙，明日见焉，乃作此诗。

东方云海空复空，群仙出没空明中。
荡摇浮世生万象，岂有贝阙藏珠宫。
心知所见皆幻影，敢以耳目烦神工。
岁寒水冷天地闭，为我起蛰鞭鱼龙。
重楼翠阜出霜晓，异事惊倒百岁翁。

新诗绮语亦安用，相与变灭随东风。

斜阳万里孤鸟没，但见碧海磨青铜。

伸眉一笑岂易得，神之报汝亦已丰。

自言正直动山鬼，岂知造物哀龙钟。

潮阳太守南迁归，喜见石廪堆祝融。

率然有请不我拒，信我人厄非天穷。

人间所得容力取，世外无物谁为雄。

荔支叹

十里一置飞尘灰，五里一堠兵火催。
颠坑仆谷相枕藉，知是荔支龙眼来。
飞车跨山鹘横海，风枝露叶如新采。
宫中美人一破颜，惊尘溅血流千载。
永元荔支来交州，天宝岁贡取之涪。
至今欲食林甫肉，无人举觞酹伯游。

我愿天公怜赤子，莫生尤物为疮痏。
雨顺风调百谷登，民不饥寒为上瑞。
君不见武夷溪边粟粒芽，前丁后蔡相笼加。
争新买宠各出意，今年斗品充官茶。
吾君所乏岂此物，致养口体何陋耶。
洛阳相君忠孝家，可怜亦进姚黄花。

汲江煎茶

活水还须活火烹，自临钓石取深清。
大瓢贮月归春瓮，小杓分江入夜瓶。
茶雨已翻煎处脚，松风忽作泻时声。
枯肠未易禁三碗，坐听荒城长短更。

六月二十日夜渡海

参横斗转欲三更，苦雨终风也解晴。

云散月明谁点缀，天容海色本澄清。

空余鲁叟乘桴意，粗识轩辕奏乐声。

九死南荒吾不恨，兹游奇绝冠平生。

自题金山画像

心似已灰之木，身如不系之舟。
问汝平生功业，黄州惠州儋州。

南乡子　送述古

回首乱山横。不见居人只见城。谁似临平山上塔，亭亭。迎客西来送客行。归路晚风清。一枕初寒梦不成。今夜残灯斜照处，荧荧。秋雨晴时泪不晴。

江城子

乙卯正月二十日夜记梦

十年生死两茫茫。不思量。自难忘。千里孤坟、无处话凄凉。纵使相逢应不识，尘满面，鬓如霜。

夜来幽梦忽还乡。小轩窗。正梳妆。相顾无言、惟有泪千行。料得年年肠断处，明月夜，短松冈。

江城子

密州出猎

老夫聊发少年狂。左牵黄。右擎苍。锦帽貂裘、千骑卷平冈。为报倾城随太守，亲射虎，看孙郎。

酒酣胸胆尚开张。鬓微霜。又何妨。持节云中、何日遣冯唐？会挽雕弓如满月，西北望，射天狼。

望江南

超然台作

春未老，风细柳斜斜。试上超然台上看，半壕春水一城花。烟雨暗千家。寒食后，酒醒却咨嗟。休对故人思故国，且将新火试新茶。诗酒趁年华。

水调歌头

丙辰中秋，欢饮达旦，大醉，作此篇，兼怀子由。

明月几时有？把酒问青天。不知天上宫阙，今夕是何年。我欲乘风归去，又恐琼楼玉宇，高处不胜寒。起舞弄清影，何似在人间。转朱阁，低绮户，照无眠。不应有恨，何事长向别时圆！人有悲欢离合，月有阴晴圆缺，此事古难全。但愿人长久，千里共婵娟。

卜算子 黄州定慧院寓居作

缺月挂疏桐，漏断人初静。时见幽人
独往来，缥缈孤鸿影。惊起却回头，
有恨无人省。拣尽寒枝不肯栖，寂寞沙洲冷。

满江红

寄鄂州朱使君寿昌

江汉西来，高楼下、蒲萄深碧。犹自带、岷峨雪浪，锦江春色。君是南山遗爱守，我为剑外思归客。对此间、风物岂无情，殷勤说。

江表传，君休读。狂处士，真堪惜。空洲对鹦鹉，苇花萧瑟。独笑书生争底事，曹公黄祖俱飘忽。愿使君、还赋谪仙诗，追黄鹤。

定风波

三月七日，沙湖道中遇雨。雨具先去，同行皆狼狈，余独不觉。已而遂晴，故作此词。

莫听穿林打叶声。何妨吟啸且徐行。
竹杖芒鞋轻胜马。谁怕？一蓑烟雨任平生。
料峭春风吹酒醒。微冷。山头斜照却相迎。
回首向来萧瑟处。归去。也无风雨也无晴。

浣溪沙

游蕲水清泉寺。寺临兰溪，溪水西流。

山下兰芽短浸溪。松间沙路净无泥。萧萧暮雨子规啼。

谁道人生无再少？门前流水尚能西。休将白发唱黄鸡。

念奴娇

赤壁怀古

大江东去，浪淘尽、千古风流人物。故垒西边，人道是、三国周郎赤壁。乱石穿空，惊涛拍岸，卷起千堆雪。江山如画，一时多少豪杰。遥想公瑾当年，小乔初嫁了，雄姿英发。羽扇纶巾，谈笑间、樯橹灰飞烟灭。故国神游，多情应笑我，早生华发。人生如梦，一尊还酹江月。

临江仙

夜归临皋

夜饮东坡醒复醉，归来仿佛三更。家童鼻息已雷鸣。敲门都不应，倚杖听江声。

长恨此身非我有，何时忘却营营。夜阑风静縠纹平。小舟从此逝，江海寄余生。

水龙吟

次韵章质夫杨花词

似花还似非花，也无人惜从教坠。抛家傍路，思量却是，无情有思。萦损柔肠，困酣娇眼，欲开还闭。梦随风万里，寻郎去处，又还被、莺呼起。

不恨此花飞尽，恨西园、落红难缀。晓来雨过，遗踪何在？一池萍碎。春色三分，二分尘土，一分流水。细看来，不是杨花点点，是离人泪。

水调歌头 快哉亭作

落日绣帘卷，亭下水连空。知君为我，新作窗户湿青红。长记平山堂上，攲枕江南烟雨，杳杳没孤鸿。认得醉翁语，山色有无中。

一千顷，都镜净，倒碧峰。忽然浪起，掀舞一叶白头翁。堪笑兰台公子，未解庄生天籁，刚道有雌雄。一点浩然气，千里快哉风。

鹧鸪天

林断山明竹隐墙。乱蝉衰草小池塘。翻空白鸟时时见，照水红蕖细细香。村舍外，古城旁。杖藜徐步转斜阳。殷勤昨夜三更雨，又得浮生一日凉。

浣溪沙

元丰七年十二月二十四日，从泗州刘倩叔游南山

细雨斜风作晓寒。淡烟疏柳媚晴滩。入淮清洛渐漫漫。

雪沫乳花浮午盏，蓼茸蒿笋试春盘。人间有味是清欢。

木兰花令　次欧公西湖韵

霜余已失长淮阔。空听潺潺清颍咽。
佳人犹唱醉翁词，四十三年如电抹。草
头秋露流珠滑。三五盈盈还二八。与余同
是识翁人，惟有西湖波底月。

蝶恋花 春景

花褪残红青杏小。燕子飞时，绿水人家绕。枝上柳绵吹又少。天涯何处无芳草。

墙里秋千墙外道。墙外行人，墙里佳人笑。笑渐不闻声渐悄。多情却被无情恼。

定风波

王定国歌儿曰柔奴，姓宇文氏，眉目娟丽，善应对，家世住京师。定国南迁归，余问柔：『广南风土应是不好？』柔对曰：『此心安处便是吾乡。』因为缀词云。

常羡人间琢玉郎。天应乞与点酥娘。尽道清歌传皓齿。风起。雪飞炎海变清凉。

万里归来颜愈少。微笑。笑时犹带岭梅香。试问岭南应不好？却道：此心安处是吾乡。

临江仙

送钱穆父

一别都门三改火，天涯踏尽红尘。依然一笑作春温。无波真古井，有节是秋筠。

惆怅孤帆连夜发，送行淡月微云。尊前不用翠眉颦。人生如逆旅，我亦是行人。